La muette

DU MÊME AUTEUR AUX ÉDITIONS J'AI LU

Comment peut-on être français ?, n° 8425

CHAHDORTT DJAVANN

La muette

ROMAN

J'AI LU

À mon gardien, M.A.F.

Au mois de septembre, j'ai reçu, à mon domicile, une lettre qui provenait d'Iran. Je ne connaissais personne dans ce pays et j'ai cru à une erreur, mais c'était bien mon nom qui figurait sur l'enveloppe. Au dos était écrite une adresse en caractères persans. La couleur de l'encre, bien que bleue, n'était pas identique des deux côtés de l'enveloppe. Chaque adresse avait été écrite par un individu et un stylo différents. Aujourd'hui, il me semble important de publier cette lettre au début de ce récit.

Madame,

Je suis journaliste reporter en Iran. Je vous ai envoyé par la valise diplomatique un colis que vous devriez recevoir dans une dizaine de jours. Il contient deux manuscrits : le premier, l'original, en persan, et le deuxième, sa traduction. Le récit relate une histoire vraie, écrite par une jeune femme de quinze ans en prison. Un hasard miraculeux a voulu que ce texte me tombe sous la main. J'ai travaillé sur la traduction avec un écrivain iranien spécialiste de la littérature occidentale, qui souhaite, pour des raisons de sécurité, rester dans l'anonymat. À la fin de l'histoire, j'ai pris la liberté d'ajouter quelques lignes pour préciser dans quelles circonstances ce récit est arrivé en ma possession. J'ai pensé que vous seriez intéressée par sa publication. J'espère que je ne me suis pas trompée.

Avec mes sentiments les plus sincères.
C. J.

La lecture de cette lettre m'avait intriguée. Deux semaines plus tard, j'ai reçu le colis. Il contenait en effet un manuscrit imprimé et un cahier entièrement rempli d'une calligraphie alambiquée, petite et serrée. Pas de marge, peu de ratures, pas de renvois ni de flèches. Ces pages noircies de mots étrangers qui m'échappaient complètement m'ont envahie d'une oppression peu commune. L'écriture était encore plus serrée et plus petite dans les dernières pages ; l'auteur n'avait certainement pas d'autre cahier, pensai-je.

J'ai lu la version française d'une seule traite, puis repris en main le cahier. Je l'ai feuilleté page par page, faute de savoir les lire. La gorge et le cœur serrés, j'avais l'impression de comprendre déjà un peu la version persane, du moins la détermination de son auteur et la souffrance qu'exprimait cette écriture si lointaine. Qu'une telle histoire fût vraie, je ne l'aurais jamais cru si je n'avais pas eu le cahier en main. Aucune hésitation : je le publierais.

J'ai quinze ans, je m'appelle Fatemeh, mais je n'aime pas mon prénom. Dans notre quartier, tout le monde avait un surnom, le mien était « la nièce de la muette ». La muette était ma tante paternelle. Je vais être pendue bientôt ; ma mère m'avait nommée Fatemeh parce que j'étais née le jour de la naissance de Mahomet, et comme j'étais une fille, elle m'avait donné le prénom de la fille du Prophète. Elle ne pensait pas qu'un jour je serais pendue ; moi non plus. J'ai supplié le jeune gardien de la prison pour qu'il m'apporte un cahier et un stylo, il a eu pitié de moi et exaucé le dernier souhait d'une condamnée. Je ne sais par où commencer. J'ai lu plusieurs fois le petit dictionnaire abandonné sur la corniche de la chambre où j'ai vécu plus d'un an. J'aimais apprendre ce que les mots signifiaient ; mais ne me rappelle pas tous les mots et leur sens. Je n'ai jamais rien écrit, à part quelques poèmes, une vingtaine, mais personne ne les a jamais lus. J'étais très bonne à l'école, mais j'ai dû la quitter à treize ans ; j'aurais bien aimé continuer et aller à l'université. Personne dans ma famille, ni d'ailleurs dans notre quartier, n'avait jamais mis les pieds dans une université. Où j'ai grandi, il n'y avait que la misère et la drogue, aucun destin n'échappait au malheur ; dans ce monde-là, la pauvreté écrase les hommes et les femmes, les rend misérables, méchants et laids : trop de misère fait que les gens ne sont même plus capables de rêver. Mon oncle, le frère de ma mère, était drôle, drogué et beau, il avait vingt-deux ans et rêvait encore, un peu trop peut-être. La muette aussi était belle, elle avait de grands yeux brillants et un visage rassurant pour une muette. Moi, je ne suis pas belle, mais je ne suis pas laide non plus ; maintenant, dans cette cellule, je dois l'être. Les trois premiers jours de mon interrogatoire furent les plus lents dans l'histoire de l'humanité, soixante-douze heures sans sommeil sous les coups de matraque. Brûlure indescriptible. J'ai plusieurs dents brisées, le visage tuméfié, des côtes cassées et, lorsque je respire, mon corps me fait mal. Je prends seulement maintenant conscience que je vais être pendue ; attendre jour et nuit la mort dans cette cellule étroite et entièrement vide est au-dessus de mes forces. Penser à la muette, l'imaginer à mes côtés, m'aide à ne pas devenir folle, à supporter la douleur, la peur. J'écris pour que quelqu'un se souvienne de la muette et de moi, parce que mourir comme ça, sans rien, m'effrayait. Peut-être qu'un jour quelqu'un lira ce cahier. Peut-être qu'un jour quelqu'un me comprendra. Je ne demande pas à être approuvée, seulement comprise.

Le gardien est sans doute terrifié par la tête que je dois avoir, mais aussi par mes gémissements. La douleur est parfois insupportable. Aujourd'hui, il m'a glissé un petit mouchoir en papier ; au début, j'ai cru que c'était pour me moucher, je l'ai trouvé très attentionné et l'ai remercié ; mais j'ai constaté que c'était un demi-mouchoir froissé et un peu noirci. J'ai senti quelque chose au milieu, minuscule. C'était un tout petit bout d'opium. Je l'ai mis tout de suite dans ma bouche. Il n'a pas l'air de quelqu'un d'ici, il doit venir d'une grande ville pour oser une telle hardiesse. Je me sens dans un état étrange que je n'ai jamais connu auparavant.

Pendant mon interrogatoire, je n'ai pas dit mot, j'ai reçu les coups sans cris, j'ai fait moi aussi la muette. Ces trois jours m'ont fait comprendre le silence obstiné dans lequel ma tante s'était réfugiée. Sa façon absolue de s'être murée dans le silence imposait aux autres le respect et parfois les effrayait ; se taire signifiait peut-être ne pas trahir la vérité. On en était venu à l'appeler la muette. L'était-elle réellement ? Personne ne le savait, car elle ne l'avait pas toujours été ; jusqu'à ses dix ans, elle parlait. Plus tard, bien que muette, elle faisait parler son silence comme personne. La joie, la tristesse, la haine, l'amour, la tendresse, la colère, l'indignation, l'espoir et le désespoir s'exprimaient dans son regard, dans chacun des traits de son visage, dans sa façon de se lever et de partir ou alors de rester, d'écouter et de vous caresser d'un seul regard. Même les plus ignorants des analphabètes pouvaient lire sur son visage ce qu'elle disait sans mots. Elle me manque, ma tante muette. Elle s'était tue, mais son cœur ne s'était pas fermé. Elle avait fait du silence son art de vivre. Quant à moi, arrivée à ce point, j'ai le devoir, le besoin de raconter son histoire.

Elle n'était pas sourde, elle entendait, comprenait tout ce qu'on disait ; elle n'était pas folle même si son comportement surprenait souvent. Elle n'était pas indifférente même si elle avait rompu à jamais avec la parole. Elle savait, malgré son mutisme, saisir les rares moments de grâce dans la vie. Elle savait être là, attentive. Le premier jour de mon interrogatoire, j'ai eu mes règles, précocement, certainement sous le choc de la violence dont j'étais l'objet. Lorsqu'un de mes tortionnaires s'en est rendu compte, il a crié : « Cette pute pisse le sang, je vais te montrer, moi, ce que c'est que pisser le sang. » Il m'a rouée de coups, j'ai cru qu'il allait m'éventrer avec ses bottes, écraser mon ventre malsain, comme si, avec mes règles, je l'avais défié. J'ai toujours su que les règles ne m'apporteraient que des ennuis. J'avais douze ans, un peu plus, je rentrais de l'école ; sur le chemin, en plein milieu de la rue, j'ai éprouvé un sentiment d'inconfort, une sorte de douleur en bas du ventre ; ma culotte était mouillée et l'intérieur de mes cuisses moite. J'ai pressé le pas et, aussitôt rentrée, je me suis précipitée dans les toilettes. Le sang dégoulinait entre mes cuisses. J'avais entendu dire que les femmes saignaient périodiquement, mais parler d'une chose entre camarades de classe, c'était très différent de la vivre. J'étais paniquée, je ne saurais dire exactement pourquoi, mais je me sentais impure, coupable. Dire adieu à l'enfance, du moins à ce qu'il en restait, devenir irrémédiablement femme, n'était pas un cadeau dans notre milieu. Je suis restée un bon moment dans les toilettes, l'eau froide m'était très désagréable. Il a fallu que je sorte, parce que mon petit frère frappait à la porte. J'étais debout, ma mère lavait du linge. La voir frotter le col de chemise de mon père me faisait sentir encore plus fautive d'avoir une culotte pleine de sang. Je n'osais lui parler, pourtant elle n'avait jamais été violente, elle ne m'avait jamais frappée, mais je m'étais toujours sentie éloignée d'elle. Je ne voulais pas lui ressembler, jamais, en rien. Je ne voulais pas qu'elle voie en moi une de ses semblables, une de ces femmes de notre quartier. Je me croyais un autre destin. Peut-être que je ne pensais pas à tout ça à ce moment-là, mais je ressentais une détresse, celle d'être femme. Je me tenais toujours devant la porte des toilettes, cuisses serrées. La muette s'est levée et elle est venue vers moi, elle m'a tendu la serviette hygiénique qu'elle tenait à la main, je l'ai prise, nous nous sommes regardées dans les yeux, les miens remplis de reconnaissance et les siens d'un mélange de tendresse et de compréhension. Elle a posé sa main sur ma joue. Le bref contact de sa main m'a transmis une force et une sérénité qui ont fait disparaître ma détresse. Aujourd'hui je pisse le sang et cela fait longtemps que la muette n'est plus là. Toutes sortes d'images se précipitent dans ma tête et me plongent dans la confusion, mais je dois continuer. Dieu du ciel, donne-moi la force de mener ce récit jusqu'au bout sans incohérence.

J'ai demandé au gardien s'il n'avait pas un de ses bouts de mouchoir, il a dit qu'il m'en apporterait dans l'après-midi. Il a de beaux yeux surprenants, couleur de miel.

Mon père n'était ni drogué ni violent, c'était un homme qui subissait la pauvreté et l'impuissance. Il avait la rudesse des ouvriers, mais savait être tendre, rarement et à sa façon. Il m'avait dit une fois que, par certains aspects, je ressemblais à la muette, que j'avais son mauvais caractère et qu'elle aussi était, comme moi, très bonne à l'école. Je savais qu'il avait pris soin de sa sœur, après la mort de leur mère, dès l'âge de quatorze ans, en travaillant dans le bâtiment. Je l'avais interrogé plusieurs fois à propos de sa sœur, mais il s'était à chaque fois dérobé. Le vingtième anniversaire de la mort de ma grand-mère, nous étions allés, comme chaque année, au cimetière. La muette était restée à la maison, elle ne sortait jamais, pas même pour se rendre sur la tombe de sa mère. Au retour, mon père était allé s'asseoir dans la petite cour, derrière l'unique chambre dans laquelle nous vivions. Chaque printemps, ma mère essayait désespérément d'y planter des herbes, mais ça ne poussait jamais, mon père lui disait : tu n'as pas les doigts verts, et ça la vexait. Je regardais mon père qui fumait, pensif ; je me suis assise à côté de lui, il a tiré une bouffée de sa cigarette comme quelqu'un qui soupire ; je lui ai demandé pourquoi la muette était devenue muette ; ce jour-là, il m'a raconté que leur père était un homme drogué, comme la majorité des hommes dans le quartier. Il les frappait souvent et pouvait être très violent lorsqu'il était en manque. Vingt ans plus tôt, jour pour jour, il était rentré tard à la maison et avait commencé à hurler ; mon père, adolescent à l'époque, s'était levé et avait quitté la maison pour ne pas avoir à supporter ses insultes. Lorsqu'il était rentré au petit matin, il avait retrouvé sa mère agonisante et sa sœur quasi paralysée, dans un coin. Au commissariat, leur père avait nié les avoir frappées. Le policier avait interrogé sa sœur, alors âgée de dix ans, elle avait regardé son père, mais n'avait pas ouvert la bouche. Leur mère était morte d'une hémorragie interne. Après trois mois d'emprisonnement, mon grand-père avait été relâché, mais, six mois plus tard, il était mort d'overdose. Mon père avait pris soin de sa sœur, il l'avait même amenée deux fois chez des médecins spécialistes qui avaient diagnostiqué qu'elle était traumatisée. Elle avait refusé de témoigner contre son père et depuis elle n'avait plus jamais parlé. Mon père espérait sa guérison ; des semaines puis des mois et des années s'étaient écoulés ; ma tante n'avait pas retrouvé la parole. Il avait essayé de lui faire apprendre le langage des signes mais ma tante ne lui avait pas cédé, déterminée elle gardait le silence. Mon père se sentait coupable, il m'a dit que s'il n'avait pas laissé sa mère et sa sœur seules, rien de tout cela ne serait arrivé ; il aurait pu s'interposer et empêcher son père de tabasser sa mère. Ce qui m'a marquée ce jour-là, plus encore que l'histoire, c'était le ton détaché de mon père. Aucune émotion dans sa voix. Il parlait comme si, en somme, la violence n'était qu'une banalité ordinaire, lot quotidien de ceux qui naissent et meurent dans la misère.

Ma mère répétait souvent un adage qui m'énervait à l'époque : Nul ne peut lutter contre son destin, à chacun le sort qui lui échoit, ainsi va la vie.

Cette nuit-là, je me souviens, c'était la pleine lune, je n'arrivais pas à m'endormir. Sur le rideau aux dessins rectangulaires que ma mère avait suspendu au milieu de la chambre, pour la séparer en deux, je voyais la scène à laquelle ma tante avait dû assister à dix ans, ce meurtre qui lui avait dérobé la parole à jamais. La muette était allongée à côté de moi, les yeux ouverts elle aussi. Les images que je voyais sur le rideau ont disparu d'un coup avec la respiration haletante de mon père et les cris de plaisir que ma mère essayait d'étouffer. La muette et moi écoutions le duo de mes parents de l'autre côté du rideau.

Il m'a donné ma ration d'opium, le jeune gardien, mon ange gardien.

— De quelle ville tu viens ?

— Je n'ai pas le droit de te parler.

— Et me donner ça, t'en as le droit ? lui ai-je dit, en prenant le demi-mouchoir froissé.

La muette ne faisait rien comme tout le monde, elle ne ressemblait à personne. Les gens la croyaient folle parce qu'elle avait des attitudes libres et contradictoires. Elle se moquait complètement des interdits. Ce n'est que bien plus tard que j'ai compris pourquoi elle était si différente. Elle était toujours tête nue, même lorsqu'elle ouvrait la porte de la maison, alors qu'aucune femme, dans notre milieu, qu'elle fût folle, muette, aveugle, chauve ou pas, n'apparaissait jamais au seuil de la porte tête nue de peur qu'un passant ne la voie. Dans notre quartier, il n'y avait que des hommes, les femmes ne sortaient jamais, et même dans la maison elles portaient toutes un fichu sur la tête, comme ma mère. Toujours habillée de longues robes colorées, toujours pieds nus et toujours deux longues nattes retombant sur ses seins, la muette avait à la fois la liberté d'un homme et la minutie d'une femme ; parfois elle passait de longues minutes à mettre du vernis sur nos ongles de pied ou encore à se maquiller les yeux devant le miroir. Et puis elle fumait, elle plantait une cigarette au coin de ses lèvres, la gardait entre les dents pendant qu'elle faisait la vaisselle ou lavait le linge ; elle tirait dessus à la manière des joueurs de poker dans les films américains. J'aimais la regarder. J'étais fascinée par ce qu'elle était. Après ce qu'elle avait vécu à dix ans, elle n'avait plus peur de rien, elle vivait à sa guise ; tantôt elle était d'une tristesse sombre et profonde, comme les eaux des abysses au fin fond de l'océan ; alors elle se retirait et personne ne pouvait l'approcher ; tantôt elle était gaie, on aurait dit une petite fille qui ignorait tout de la vie, elle nous prodiguait sa joie. Le fait qu'elle fût muette lui donnait une liberté que certainement elle n'aurait pas pu avoir si elle avait parlé. Être muette signifiait en soi ne pas être comme les autres, son mutisme éveillait la méfiance des autres ; elle était scandaleusement différente et, avec ça, elle avait le chic pour se faire des ennemis. Elle était la maudite, la mauvaise femme, la sauvage. Les commérages du quartier disaient que nous cachions dans notre maison une diablesse, une ensorceleuse, qui jetait ses sortilèges sur tous ceux qui l'entouraient.

J'étais parmi les rares filles de notre quartier à aller à l'école. Beaucoup de familles n'avaient pas les moyens de scolariser leurs enfants. L'école la plus proche était assez loin de chez nous et ma mère s'inquiétait que je sois obligée de traverser des rues où grouillaient des dealers de tout genre, mais mon père tenait à ce que je continue l'école, la muette aussi. Nous habitions une rue désolée dans un quartier misérable, mais pour des pauvres, ma sœur, mon frère et moi étions toujours très bien habillés, ce qui suscitait l'animosité et la jalousie de nos voisines. La muette était une excellente couturière, un peu trop inventive. Mon père était chauffeur de camion, il travaillait pour une société de transport, mais il avait rarement du boulot car il n'avait pas son propre camion. Il lui arrivait de transporter des tissus ou des vêtements, il en ramenait parfois à la maison. La muette décousait les vêtements d'adulte et confectionnait pour nous des merveilles. Elle m'avait fait une robe rouge que j'adorais, mais ma mère ne me laissait pas la porter dehors ; elle disait que c'était trop voyant ; moi, je mourais d'envie de la montrer. L'apparence propre et soignée que nous avions grâce au talent de la muette me procurait un sentiment de supériorité et de fierté. Bien que sans argent, je ne me suis jamais sentie pauvre ; et, bien que pauvre quand même, enfant, j'étais heureuse. J'aimais mon père, j'adorais la muette, et j'avais de la pitié pour ma mère. Être aimée par la muette qui était différente de toutes les autres femmes me donnait le sentiment d'être à mon tour différente de tous les autres enfants. Je me sentais l'élue ; la seule. Ma mère n'aimait pas la muette mais la tolérait, faute de choix ; elle était jalouse de l'affection entre mon père et sa sœur, mais aussi peut-être de mon attachement à ma tante.

Aujourd'hui le gardien m'a donné, avec ma ration d'opium, un bonbon. Goût de menthe. Je l'ai laissé sous ma langue sans le sucer pour que le plaisir dure le plus longtemps possible. Un bonbon dans une cellule sombre vous rappelle la vie.

Par un jour de grand froid, en décembre, mon oncle est revenu de son service militaire. Nous ne l'attendions pas. C'était un après-midi, je balayais la chambre, puisque depuis quelques mois déjà je m'occupais de tout dans la maison. La muette était clouée au sol, elle ne se levait que pour aller aux toilettes. Elle s'était retirée de la vie. Mes parents, surtout mon père, s'inquiétaient beaucoup pour elle. La voir croupir toute la journée dans son coin nous terrifiait.

Un jour, au déjeuner, je lui ai apporté son assiette ; elle m'a regardée droit dans les yeux, comme si elle me suppliait ; je n'ai pu soutenir son regard sombre qui m'avait percé le cœur ; j'ai posé l'assiette et baissé les yeux ; son regard exprimait un mélange d'effroi et de mélancolie, quelque chose qui n'était pas loin de la folie. C'était la première et la seule fois où j'ai eu peur d'elle, peur d'être seule avec elle.

Tout avait commencé par une nuit d'hiver où il neigeait fort. Je m'étais réveillée de froid, j'avais remonté la couverture jusqu'à ma tête et m'étais rapprochée de la muette pour me réchauffer au contact de son corps, mais sa place était vide et froide. J'ai ouvert les yeux, elle n'était pas là et la porte-fenêtre de la cour était ouverte. Je me suis levée pour la fermer, j'ai aperçu dans le noir un corps allongé dans la neige. J'ai eu peur, puis compris que c'était elle. J'ai mis des chaussures et suis sortie, mes dents claquaient de froid. Ses jambes étaient nues, j'essayais de la relever, je la tirais par le bras, mais elle résistait. J'ai glissé et suis tombée par terre. J'ai cru qu'elle jouait. Mais tu vas mourir de froid, lui ai-je dit. Avec sa main, elle enfonçait des boules de neige entre ses cuisses, elle semblait ivre, ivre d'amour, de folie. Pendant quelques secondes j'ai regardé ses doigts frénétiques qui fourraient la neige dans son sexe, cette image m'a effrayée. J'ai essayé à nouveau de la relever, elle m'a repoussée avec force, je suis retombée ; mes parents s'étaient réveillés, ils se tenaient au seuil de la porte à nous regarder avec hébétement et reproche. La muette continuait à remplir son sexe de neige, mais heureusement elle tournait le dos à mes parents et dans le noir ils ne pouvaient voir ce qu'elle faisait. Je me suis précipitée sur elle pour cacher les mouvements de ses mains. Mon père l'a fait entrer, elle paraissait ailleurs et se laissait faire. Ma mère n'arrêtait pas d'invoquer Dieu, ce qui nous énervait mon père et moi. Elle a enlevé la robe mouillée de la muette qui tremblait, moi aussi je tremblais. C'était la première fois que je la voyais toute nue comme ça, les bouts de ses seins s'étaient durcis ; l'érotisme, la sexualité, le désir se dégageaient de son corps avec une telle violence que ma mère et moi en étions gênées. Ma mère l'a rhabillée en vitesse.

Déjà cette nuit-là, lorsqu'elle était à nouveau allongée à côté de moi, je sentais qu'elle n'était plus la même. Le lendemain, elle est tombée malade, elle brûlait de fièvre. Des douleurs fulgurantes dans le ventre la pliaient en deux. Mon père croyait qu'elle allait mourir. Sa fièvre persistait, elle a duré quelques semaines. Une nuit, elle était très agitée, j'ai posé ma main sur son front, il était brûlant, elle m'a pris la main, je me suis allongée auprès d'elle. Le lendemain matin, lorsque je me suis réveillée, elle me tenait toujours la main.

Après sa maladie, la muette avait changé ; on aurait dit qu'une métamorphose avait eu lieu, elle n'écoutait plus ce qu'on lui disait, comme si elle ne comprenait pas, elle ne me peignait plus les cheveux, ne cuisinait plus, ne s'occupait plus de rien, ne faisait plus de couture ; elle ne bougeait plus, elle ne nous voyait plus. Elle passait la journée assise dans un coin de la chambre à même le kilim et, lorsqu'elle en avait assez, s'allongeait au même endroit. Les médicaments que le médecin lui avait prescrits la faisaient beaucoup dormir, mais parfois, en pleine nuit, elle s'asseyait et fixait par la fenêtre le mur de la cour. Moi, j'étais aux aguets, j'attendais un geste, un signe de sa part, mais elle s'éloignait chaque jour un peu plus, son regard était vide, son silence oppressant. Le temps s'éternisait autour d'elle, une aura de mystère, de mort, émanait d'elle, je la percevais de façon tangible. J'avais le sentiment que le poids de son silence, accumulé depuis des années, l'écrasait, l'entraînait vers la folie. Je l'observais, je suivais son regard, mais il ne se posait sur rien et semblait lointain. Je scrutais son visage pendant des minutes et croyais ressentir sa solitude, apercevoir la profondeur de l'abîme dans lequel elle s'engouffrait, puits de néant, sombre et insondable. Elle ne semblait plus être parmi nous, je pleurais et priais Dieu pour qu'il ramène la muette à la vie. Et ce n'est pas Dieu, mais mon oncle qui a ramené la muette à nous, c'est l'amour qui a ramené la muette à la vie, son amour pour mon oncle.

— On m'a dit que tu vas être pendue, vient de me dire le gardien en me passant mon repas et le morceau de mouchoir.

— Je le sais.

— Tu n'as pas peur ?

— Je ne sais pas.

Il doit avoir dans les vingt ans ; moi, avec mes quinze ans, je suis aussi vieille que l'éternité. Combien de jours et de nuits encore avant la pendaison, je n'en sais rien. Peu importe, je vais continuer et espère avoir assez de temps pour finir ce récit. Bientôt je ne serai plus de ce monde, j'ignore à quoi peut ressembler la mort ; par moments, je suis à la limite de mes forces, mais j'aimerais que l'histoire que je raconte dans ce cahier puisse me survivre. Écrire me fait vivre alors que la mort m'attend derrière la porte de cette cellule.

Mon oncle habitait au bout de la rue, avec mon grand-père qui était assez malade. Il tournait tout en dérision, fumait beaucoup de haschisch et avait un vrai physique d'acteur. Très beau. Il passait presque toujours chez nous avant de rentrer chez lui ; un soir, il nous racontait une anecdote drôle à propos d'un de ses camarades au service militaire en imitant son accent azéri, la muette était assise dans son coin habituel ; il m'a semblé qu'elle écoutait et j'ai vu se dessiner un sourire sur son visage qui, depuis sa maladie, était resté impassible. Elle écoutait mon oncle, alors que cela faisait des mois qu'elle ne nous entendait plus. Une lueur brillait dans ses yeux.

Le lendemain, la muette s'était levée, lavée, changée. Chaque soir, le bref passage de mon oncle, sa voix, sa présence ranimaient la vie dans son cœur. Dès l'après-midi, elle se mettait à arpenter la chambre ou faisait les cent pas dans la cour, s'impatientait, son visage devenait si expressif qu'on aurait dit qu'elle allait parler, dire quelque chose. Dès que la sonnette retentissait, la muette se calmait, s'asseyait et pendant tout le temps que mon oncle restait chez nous, le temps d'une tasse de thé et de raconter quelques blagues, elle ne bougeait pas, écoutait attentivement. Un soir, bien après son départ, tard dans la nuit, alors que nous dormions, la sonnette a retenti. La muette a ouvert la porte, c'était à nouveau mon oncle ; ma mère s'est précipitée vers son frère ; il lui a dit que leur père venait de mourir. Ce n'était pas en soi une mauvaise nouvelle, car mon grand-père était invalide, une charge lourde pour nous, surtout pour ma mère et pour mon oncle qui s'en occupaient ; c'était même, en un sens, un soulagement. Les pleurs de ma mère qui s'était effondrée par terre m'avaient étonnée ; mon oncle lui aussi était embarrassé par l'attitude exagérée de ma mère, d'autant plus qu'il n'y avait ni larmes ni tristesse sur son visage à lui. Son calme était déconcertant. Il avait vu suffisamment de jeunes morts à la guerre pour ne pas perdre son sang-froid à la mort d'un vieil invalide, bien que ce fût son père. Quant à mon père à moi, un peu désarçonné, il disait, maladroitement, à ma mère, pour la consoler : ce n'est pas grave. Il y avait quelque chose de comique dans la naïveté de mon père qui m'avait fait rire. Je m'étais réfugiée dans la cour pour que ma mère ne me voie pas.

Le jour suivant, mon oncle et mon père ont enterré mon grand-père dans la parcelle la moins chère du cimetière ; même sous la terre, il y avait une hiérarchie dans le degré de pauvreté. Chaque vendredi, ma mère allait se recueillir sur la tombe de son père, un simple monticule de terre. Elle aurait aimé acheter une stèle de pierre, mais ça coûtait très cher. Elle m'amenait avec elle, ce qui me déplaisait, je n'aimais pas le cimetière ; mon oncle nous accompagnait, juste pour faire plaisir à sa sœur aînée. Elle apportait plusieurs bouteilles d'eau pour arroser la tombe de mon grand-père ; une fois, mon oncle lui a dit : je ne veux pas te désespérer, mais ton père ne va pas pousser. Ma mère s'est mise à pleurer de plus belle en blâmant son frère : tu n'as pas honte de plaisanter sur la tombe encore fraîche de ton père. Elle disait qu'un peu d'eau désaltérerait les morts. Mon oncle et moi retenions nos rires. Ma mère était croyante et pratiquante ; elle était aussi assez stupide, ça me fait mal de dire ça, ça me faisait mal de l'avoir pour mère, sa bêtise nous a coûté très cher.

Après la mort de mon grand-père, mon oncle venait beaucoup plus souvent chez nous, il déjeunait et dînait avec nous. La muette allait de mieux en mieux, elle avait retrouvé sa santé, elle n'avait jamais été aussi vive, les prunelles de ses yeux brillaient comme un éclat de soleil. Elle s'était mise à planter des herbes et des fleurs dans la cour ; elle s'en occupait tous les jours, les arrosait, arrachait les mauvaises herbes... Ma mère lui disait : j'ai essayé des dizaines de fois, ça ne pousse pas, il doit y avoir un problème avec la terre. Mais cette année-là, elles ont poussé. Des radis, du basilic et des roses. Ma mère en était jalouse.

Un soir, mon oncle est arrivé, un peu pressé, il a déposé son linge sale, puis est reparti à toute vitesse. Aussitôt après son départ, la muette s'était discrètement éclipsée ; comme elle tardait à revenir, je suis sortie dans la cour. Elle se tenait dans le coin, face au mur, comme pour se cacher. Je me suis rapprochée d'elle pour voir ce qu'elle fabriquait dans la pénombre. Elle avait mis la chemise de mon oncle sur son visage et en reniflait l'odeur. À l'époque, j'avais pris cela pour un jeu, mais quand même je craignais que mes parents ne la voient.

Tout est silence dans cette cellule et je n'entends que les battements de mon cœur, les démons du passé s'élancent sur moi, j'ai peur, j'étouffe, je ne veux pas mourir avec cette haine qui me transperce et me ravage, je ne veux pas être pendue avec cette souffrance secrète que j'ai dû supporter. Je ne veux pas l'emporter avec moi dans la tombe, je veux mourir en paix, délivrée, je dois épuiser ma souffrance dans cette cellule, je dois enregistrer ma haine dans ce cahier.

Quoi que j'évoque de mon enfance, je retrouve l'image de la muette. Elle me peignait les cheveux longuement, puis elle me tressait deux longues nattes, comme les siennes. Elle me faisait réciter mes devoirs, puis m'applaudissait et me serrait dans ses bras, parfois si fort que je ne savais plus où mon corps s'arrêtait et où le sien commençait. Il y avait un amour fusionnel entre nous, à travers moi elle voyait la fillette qu'elle avait été autrefois. Elle, sa vie, sa façon de vivre dans le silence avaient laissé des empreintes en moi ; son existence, son histoire étaient mêlées à mon destin, mais je ne savais pas encore tout cela à l'époque ; je la laissais me peigner les cheveux pendant des minutes et j'aimais ça. Sous ses mains, je me sentais protégée, nous étions en connivence, par une sorte d'alchimie, sans mots. C'est elle qui m'a élevée, puisque ma mère, ouvrière, partait le matin et revenait le soir, crevée. Lorsque nous étions seules, elle me demandait de lui lire à voix haute les contes des *Mille et Une Nuits* dont mon père lui avait fait cadeau. J'aimais jouer à Schéhérazade.

Malgré ma fièvre, les images sont d'une précision sans faille dans ma tête. Je me rappelle très bien la première fois où j'ai conçu des soupçons au sujet de la muette et de mon oncle. Je rentrais de l'école ; dans la rue, j'avais croisé mon oncle ; la muette était seule à la maison, elle avait particulièrement bonne mine. L'odeur des galettes de pomme de terre qu'elle avait préparées pour le déjeuner me donnait une faim de loup. Je me suis précipitée pour mettre le couvert. Mon petit frère et ma petite sœur aussi étaient affamés et s'impatientaient. Nous attendions qu'elle apporte les galettes et nous serve, mais elle nous faisait attendre. Je suis allée dans la cuisine et lui ai dit d'un ton de reproche : mais qu'est-ce que tu attends ? Elle m'a pris par l'épaule et fait sortir de la cuisine. C'était la première fois qu'elle se montrait violente avec moi. Je suis allée bouder dans un coin ; j'avais compris que quelque chose n'allait pas. Après une longue attente, mon oncle est rentré et la muette a apporté enfin les galettes de pomme de terre. Elle ne mangeait rien, mais dévorait mon oncle des yeux et avait les joues pourpres. Elle était amoureuse avec toute la force d'un cœur pur et vierge de vingt-neuf ans. Un puissant élan émanait d'elle. Pour une femme, la muette montrait trop sa passion ; son regard exprimait un désir débridé, il s'accrochait à mon oncle qui, avec ses vingt et un ans, ne comprenait rien aux femmes. Il avalait les bouchées de galette de pomme de terre et restait tout à fait indifférent à son égard, peut-être parce qu'elle était muette et parce qu'elle avait huit ans de plus que lui.

À partir de ce jour, à la sortie de l'école, avant de rentrer à la maison, je cherchais du regard mon oncle dans la rue, où il s'agglutinait souvent à la bande des jeunes désœuvrés du quartier ; si jamais je le voyais, je lui disais : allez, viens, on va déjeuner.

— Qu'est-ce que tu écris dans ton cahier ?

— C'est long à raconter.

J'ai eu droit à un autre bonbon aujourd'hui. Viatique de mon gardien.

Nous n'avions pas pu payer les cérémonies funéraires pour mon grand-père. Les gens du quartier disaient que nous l'avions enterré comme un malpropre ; pour faire taire les commérages et gagner un peu de respectabilité, ma mère avait demandé au mollah de la mosquée de venir chaque vendredi matin à la maison pour dire la prière des morts. Mon père et mon oncle n'aimaient pas l'idée qu'un mollah entre dans la maison et disaient que ça porte malheur, mais ma mère avait protesté en assenant qu'elle le paierait avec son salaire à elle et qu'il s'agissait de la réputation de son défunt père. Tous les vendredis matin, donc, à dix heures, le mollah sonnait à la porte ; il restait dix minutes, le temps de psalmodier quelques versets coraniques en arabe et de boire une tasse de thé avant d'encaisser son argent. Ma mère m'avait chargée de surveiller la muette pendant les dix minutes de la prière, pour qu'elle n'apparaisse pas tête nue devant le mollah. Nous attendions son départ, soit dans la cour, soit de l'autre côté de la pièce, derrière le rideau. Un matin, je changeais ma petite sœur de deux ans, elle m'a échappé et a couru, fesses nues, devant le mollah ; offensé par les fesses à l'air de ma sœur, il a blâmé ma mère en disant que l'éducation de la pudeur d'une fille commençait dès le berceau. Ma mère, tout en s'excusant, s'était levée pour attraper ma petite sœur qui courait autour de la pièce, riait et sautait dans tous les sens ; j'ai mis mon foulard sur la tête et suis venue à son aide ; tout d'un coup, le mollah, outragé, a haussé le ton en disant que notre maison n'était pas une maison bien tenue. La muette était debout, en face de lui, tête nue. Ma petite sœur s'est jetée dans ses bras.

— C'est la sœur de mon mari qui n'a pas toute sa tête, elle est sourde et muette et ne comprend rien, pardonnez-lui, je la garde chez moi par charité, sinon elle serait dans la rue.

Je n'en croyais pas mes oreilles, c'était ma mère qui parlait d'un ton suppliant.

La muette jeta un regard dur à ma mère. Elle leur tourna le dos, alla dans la cour, ma sœur dans les bras. Après cet incident, chaque vendredi matin, pendant les dix minutes du mollah, ma mère nous obligeait à rester dans la cour en fermant la porte à clé. Mon père, lui, quittait la maison avant son arrivée.

— C'est quoi ton nom ?
— C'est mieux que tu ne le saches pas.
— Tu as peur que je te dénonce aux tortionnaires ? lui ai-je dit en prenant mon repas.

Je n'aurais pas gardé en mémoire cet incident et cette période où le mollah venait chaque vendredi à la maison pour la prière des morts, même si mon oncle chaque soir l'imitait et se moquait de ma mère et de ses superstitions, non je n'aurais rien gardé en mémoire de ces matins du vendredi s'ils n'avaient pas bouleversé nos destins. Celui de la muette et le mien. Ma mère, elle, criait au blasphème devant les plaisanteries de mon oncle et, quant à nous, la muette, moi et ma petite sœur, nous restions dans la cour et ça nous convenait à merveille de ne pas voir ni entendre le mollah. Un matin, celui-ci était en retard ; mon oncle était passé, il allait déjeuner avec nous. Vers midi, la sonnette a retenti, je suis allée vers la porte, mais ma mère a crié : donne-moi mon tchador et allez tous dans la cour. Mon oncle est venu avec nous pour ne pas croiser le petit commerçant de la foi, comme il l'appelait. Dans la cour, chaque vendredi matin, la muette jouait avec moi au jeu de mailles, histoire de faire passer le temps. J'ai sorti mes fils, mais elle m'a fait non de la tête, elle n'avait d'yeux que pour mon oncle et à vrai dire elle aurait préféré mille fois que je ne sois pas là pour être seule avec lui. Mon oncle s'est mis à fumer une cigarette, la muette est allée à côté de lui, je ne l'avais jamais vue si désirable. C'est vrai, avec mes douze ans à l'époque, je ne connaissais rien à l'amour, mais là, il n'y avait rien à connaître, c'était l'évidence même. Elle a regardé mon oncle droit dans les yeux, puis lui a enlevé la cigarette et l'a posée entre ses lèvres à elle. J'étais hypnotisée par cette scène. Je me souviens, j'avais pensé un instant que la muette exagérait beaucoup et en avais ressenti une sorte de jalousie que j'aurais du mal à expliquer. J'avais compris depuis longtemps le penchant de ma tante pour mon oncle, je n'étais pas à ce point naïve, mais l'érotisme qui se dégageait d'elle, de sa démarche, de sa façon de s'approcher de lui, de le regarder dans les yeux, de lui ôter, avec ses doigts fins, sa cigarette de la bouche et de la poser sur sa propre bouche était quelque chose. On aurait dit du cinéma, à ce point que dans ma tête la scène allait plus loin ; j'avais imaginé des dizaines de fois qu'après une bouffée de cigarette mon oncle prenait ma tante dans ses bras et l'embrassait amoureusement comme dans les films. J'en ressentais une telle émotion que, si j'avais été moi-même amoureuse, ça n'aurait pas été plus fort. Dans la réalité, le baiser n'a pas eu lieu ; peut-être que, si je n'avais pas été dans la cour, il se serait passé quelque chose, mais ma présence apparemment avait gêné mon oncle, puisqu'il a dit très maladroitement : garde-la, j'en allume une autre, tout en s'éloignant de la muette et en venant vers moi. Je n'ai pas pu m'empêcher de penser : quel crétin quand même !

J'attends chaque jour le passage de mon gardien. Ses brèves visites ponctuent ma solitude. Il a l'air doux. Il doit faire son service militaire. Mais aujourd'hui, il avait un air sévère, il m'a donné ma ration sans rien dire.

Je crois que je n'ai jamais aimé ma mère, mais, enfant, je n'osais pas me l'avouer ; parfois même je me sentais coupable d'aimer la muette plus qu'elle, comme si je la trahissais. Les évènements qui ont eu lieu m'ont fait comprendre que je ne l'ai jamais aimée. Elle non plus, elle ne m'a pas aimée. Elle avait décidé de porter le deuil jusqu'au nouvel an. Elle voulait, en outre, acheter un nouveau Coran relié, parce que celui de mon grand-père, dont elle avait hérité, était très vieux. Mon oncle disait : plus c'est vieux, plus c'est précieux, les Occidentaux préfèrent les objets anciens, même en mauvais état. Ma mère répondait que le Coran n'était pas un objet mais un livre sacré et que de toute façon les Occidentaux ne comprenaient rien au Coran, neuf ou vieux. Mon oncle rétorquait : parce que toi, tu y comprends quelque chose, c'est ça ? Sais-tu au moins le lire ?

Ils se disputaient souvent depuis la mort de mon grand-père. Mon oncle avait acheté un magnétoscope d'occasion et louait de temps en temps des films, mais ma mère ne voulait pas en entendre parler parce qu'elle estimait que les films occidentaux pervertissaient l'esprit et que ce n'était pas bon pour nous. La muette, moi, mon oncle et quelques-uns de ses copains avions nos soirées de cinéma. Ma mère avait dit à son frère que ce n'était pas bien de nous faire voir des films avec des garçons du quartier, mais mon oncle avait répondu qu'il savait ce qu'il faisait et que quand il jugeait que ce n'était pas un film pour nous il ne nous emmenait pas. Il faisait donc parfois des soirées entre garçons, pour des films érotiques ou carrément pornographiques. Moi, j'adorais nos séances de cinéma. La muette faisait griller des pépins de pastèque et de melon qu'elle avait salés auparavant et laissait sécher au soleil ; elle préparait aussi des sirops. Mon oncle gardait pendant tout le film la télécommande en main, et dès qu'il y avait des scènes de baisers ou de corps nus, tout de suite il zappait la scène et faisait avancer le film. Ses copains s'énervaient : ah, tu es chiant, laisse-nous voir. Mon oncle répondait : c'est facile pour vous, puisque vos sœurs à vous ne sont pas là. Ses copains disaient : tu n'as qu'à ne pas les emmener, ces deux-là, et nous laisser voir tranquillement le film. Mon oncle leur rétorquait : c'est comme ça, et si vous n'êtes pas contents, vous pouvez partir, la porte est ouverte et, que je sache, vous n'avez pas payé de billets d'entrée. J'admirais mon oncle car il ne cédait pas et préférait sacrifier quelques scènes plutôt que de priver la muette et moi de nos soirées de cinéma. Pour rien au monde ses copains n'auraient emmené leurs sœurs regarder un film avec des garçons de peur qu'on les traite de sans honneur dans le quartier. J'étais sûre qu'elles mouraient d'envie de participer à nos soirées de cinéma. Je racontais à deux de mes copines, qui étaient les sœurs des copains de mon oncle, le film qu'on avait vu la veille, enfin ce que j'avais compris car les films étaient en anglais sans sous-titre, mais nous suivions en gros l'histoire ; les passages où ça devenait obscur à cause de la langue, je les inventais. Les scènes érotiques, je les racontais en détail, sans les avoir vues. Mes copines, jalouses à mourir, disaient : ton oncle te laisse regarder ces scènes avec les garçons du quartier ! Et je mentais d'un ton naturel, en haussant les épaules. Mais je ne savais pas que ça allait avoir des conséquences.

Aujourd'hui mon gardien n'est pas passé. Je suis en manque. Ma douleur a repris. J'espère qu'il n'a pas eu d'ennuis.

Depuis quelque temps, ma mère soupçonnait la muette et surveillait son comportement à chaque fois que mon oncle passait à la maison. Elle voulait à tout prix l'éloigner de son frère. J'avais surpris ici et là son regard méfiant et l'avais entendue dire à mon père :

— Il n'est pas bon que la muette et ta fille aillent avec des garçons du quartier regarder des films.

— Laisse-les vivre un peu, ton frère est avec elles.

— Les gens jasent.

— Il ne faut pas donner trop d'importance à ce que les gens disent.

— Oui, mais, comme on dit, « on peut fermer la porte d'une ville mais pas la bouche des gens ».

— Justement, ne prête pas l'oreille à leurs bavardages.

Les gens racontaient que mon oncle nous faisait voir des films pornographiques, à la muette et à moi, en compagnie des garçons du quartier, et que la maison de mon grand-père après sa mort s'était transformée en bordel. Ma mère, qui avait entendu les rumeurs, nous avait interdit de mettre les pieds chez mon oncle. Un soir, deux hommes du comité avaient débarqué chez lui ; heureusement ils étaient entre garçons et regardaient un film de karaté. On leur avait quand même confisqué le magnétoscope. Je me sentais coupable, mais n'ai jamais avoué que j'avais raconté des scènes érotiques à mes copines.

Je suis contente, aujourd'hui il est revenu le gardien. J'ai eu ma ration, mais sans bonbon et sans un mot.

De temps à autre, quelques voisines et ma mère se rassemblaient pour éplucher des aubergines ou nettoyer des légumes tout en bavardant. Leurs discussions consistaient, en règle générale, à dire du mal des autres femmes du quartier. Ça les occupait et leur donnait l'illusion d'avoir une vie sociale. Ces rassemblements avaient toujours lieu chez nous, nous n'avions qu'une seule pièce, et deux d'entre elles, dont le mari était en prison, restaient jusqu'au soir. Je n'aimais pas nos voisines, elles regardaient la muette d'un œil suspicieux, je sentais qu'elles avaient une mauvaise influence sur ma mère. Je m'étais quelquefois révoltée :

pourquoi c'est toujours chez nous et jamais chez l'une d'elles ? Je n'arrive pas à me concentrer et à faire mes devoirs. Ma mère me grondait et assénait que si j'étais vraiment studieuse et concentrée, je n'entendrais même pas le bruit du tonnerre. J'essayais donc de faire mes devoirs, même si leur présence et leur bruit me dérangeaient, d'autant plus que souvent elles parlaient toutes en même temps, ce qui produisait un vacarme assourdissant. La muette ne les rejoignait jamais, elle se réfugiait dans notre petite cuisine, leur préparait du thé, cuisinait ou alors s'occupait des herbes et des fleurs qu'elle avait plantées dans la cour. Un jour, je faisais mes devoirs ; parmi les mots qui fusaient dans l'air, j'ai cru entendre plusieurs fois « la muette ». J'étais intriguée et tendais l'oreille pour comprendre ce qu'elles pouvaient bien raconter sur le compte de ma tante. J'ai entendu une de nos voisines, une bigote qui allait chaque vendredi à la mosquée et qui était d'une méchanceté renommée dans le quartier, dire à voix basse à ma mère :

— Tu sais, ce n'est pas bien que ton frère passe chaque soir chez vous alors que ta belle-sœur vit avec vous et qu'elle ne porte même pas un voile sur la tête ;

les gens parlent et se racontent des choses ; il n'est jamais bon de provoquer les gens ; après tout, bien qu'elle soit muette, c'est une femme.

— Mais qu'est-ce que je peux faire ? Je ne peux quand même pas interdire à mon propre frère de venir me voir ; il est seul et n'a personne d'autre ; quant à ma belle-sœur, je l'ai sur les bras depuis mon mariage, je ne peux pas demander à mon mari de la mettre à la rue. Mais ils ne sont jamais seuls et puis mon frère passe juste quelques minutes avant de rentrer chez lui.

— Si, ils sont parfois seuls. De mes propres yeux j'ai vu plusieurs fois ton frère rentrer déjeuner alors que tu étais encore au travail et ton mari en voyage.

— Mais elle est toujours là, a protesté ma mère en me désignant du regard, et puis franchement tu vois mon frère, jeune et beau comme il est, s'intéresser à une vieille fille muette qui a huit ans de plus que lui ?

J'étais indignée en l'entendant, mais gardais la tête baissée et faisais semblant de faire mes devoirs. Tout d'un coup, elles se sont tues. La muette était dans la pièce, un plateau de thé en main ; elle l'a posé par terre à côté de ma mère, leur a fait un signe de tête et s'est dirigée vers la cour. Toutes les femmes, ma mère y compris, la suivaient du regard.

— Moi je te dis ce que j'ai entendu dans le quartier. De toute façon tu sais très bien que ta belle-sœur n'a pas une bonne réputation et c'est vrai que, quand tu la regardes, tu te dis que les gens n'ont pas tort. Que veux-tu, un homme est un homme, il ne peut pas se contrôler, surtout quand une femme lui fait des avances et se promène sans voile sur la tête.

— Mais qu'est-ce que je peux faire ? leur demanda ma mère l'air affligé.

— Tu peux la marier, comme ça tu te débarrasses d'elle à jamais.

— Mais qui voudra d'une femme muette ?

— Ah, tu sais, il y a toujours quelqu'un ; après tout une femme muette vaut mieux qu'une femme qui râle toute la journée, et puis elle n'est pas mal. Bon, elle n'est pas toute jeune, elle a déjà vingt-neuf ans. Maintenant que j'y pense, il y a quelqu'un qui pourrait s'y intéresser.

— Mais qui ?

Les voisines se sont regardées. Dans ma tête, je me disais qu'elles n'étaient pas si méchantes que ça car naturellement j'avais cru qu'elles pensaient à mon oncle.

— Tu n'en as aucune idée ?

— Puisque je vous dis que non.

Je m'étais tellement impliquée dans leur conversation que j'avais la bouche ouverte et étais sur le point de répondre à la place de ma mère lorsqu'elle s'est retournée et m'a demandé d'aller chercher un autre récipient dans la cuisine. Les bonnes femmes tenaient chacune un couteau et une aubergine en main.

— Alors vous allez finalement me dire qui demande la main de ma belle-sœur ?

J'étais dans la cuisine et j'ai entendu la bigote prononcer le nom du mollah. Le grand plateau m'est tombé des mains en faisant un énorme bruit.

— Qu'est-ce que tu fabriques ? a crié ma mère.

— Rien, ai-je crié à mon tour en le ramassant.

Je l'ai posé à côté d'elles et suis retournée à ma place pour continuer mes devoirs.

— Le mollah ? Le mollah qui vient chez nous pour la prière ? dit ma mère étonnée.

— Évidemment, il n'y en a pas d'autre.

— Mais comment tu le sais ?

— Je le sais. On raconte que sa dernière femme ne peut pas avoir d'enfants et qu'il envisage de prendre une nouvelle femme.

— Mais il ne voudra jamais d'une femme muette.

— Écoute, si je t'en parle c'est parce que j'ai entendu dire qu'un vendredi où il était ici pour la prière, apparemment il l'a vue et il pourrait être intéressé. Pour lui qui a déjà une jeune femme à peu près du même âge, le fait qu'elle soit muette peut être un avantage, comme ça les deux femmes ne se disputeront pas.

— Moi je n'ai rien contre, après tout, le mollah a une bonne situation, mais il faut l'accord de mon mari.

— Je ne vois pas pourquoi il serait contre. Un mari pour sa sœur muette, qui a déjà presque trente ans, ça ne court pas les rues.

Je ne savais que faire, me taire ou aller tout raconter à la muette et la mettre en garde ou informer mon père de ce plan machiavélique. Finalement j'ai décidé d'attendre, de ne pas affoler ma tante et à la première occasion de parler à mon père.

Ma mère m'avait devancée, elle n'avait pas perdu de temps et avait mis mon père au courant. Certainement le soir, avant de se coucher, elle avait utilisé tout son art pour l'amadouer. Je croyais qu'il serait furieux rien qu'à l'idée de marier sa sœur à un mollah, mais il n'en fut pas ainsi. Le lendemain soir, après le dîner, mon père prit la muette par la main et l'amena dans la cour. Je regardais ma mère qui surveillait mon père d'un œil inquiet. J'ai compris qu'elle l'avait cuisiné. Je ne les entendais pas, mais comme j'étais assise devant la porte-fenêtre, je pouvais les voir. Mon père tenait toujours la main de sa sœur et lui parlait ; elle l'écoutait et essayait de comprendre le geste attendri de son frère. Ma mère s'est approchée et se tenait debout, à côté de moi, pour voir ce qui se passait. Je remarquais que, à mesure que mon père parlait, les traits du visage de la muette se durcissaient. Elle fit non de la tête, retira sa main, jeta un coup d'œil dur à ma mère qui se tenait devant la fenêtre puis se dirigea vers le fond de la cour et se blottit dans un coin. Mon père l'approcha, il essaya à nouveau de la raisonner, mais la muette se leva, le regarda très durement dans les yeux et changea de place. Mon père rentra dans la chambre et dit à ma mère :

— Il n'y a rien à faire.

— Comment ça ? C'est toi qui décides, pas elle, elle est sous ta tutelle et à ta charge.

— Tu ne veux quand même pas que je marie ma sœur de force ?

— De force ? Pourquoi de force ? Une fois mariée, elle comprendra que c'était pour son bien. Qu'est-ce qu'elle peut bien savoir du mariage ? Ce n'est pas bon de garder une viei… – elle allait dire une vieille fille mais s'est retenue – … une fille de son âge enfermée à la maison ; tu te rends comptes que c'est peut-être la seule occasion pour elle, sa seule chance d'avoir un mari, de faire des enfants et avoir une famille ?

— Qu'est-ce que tu veux que je fasse ? dit mon pauvre père manipulé.

— Tu peux aller voir le mollah et lui donner ton accord. C'est lui qui établit tous les actes de mariage, il peut en établir un pour lui-même.

— T'en parles comme si on allait vendre quelque chose.

— Écoute, ta sœur, elle a vingt-neuf ans, elle est muette, elle fait peur à tout le quartier, et puis souviens-toi, lorsqu'elle est tombée malade, toi-même tu avais cru qu'elle était devenue folle. Le mariage est le meilleur remède pour elle.

— Mais je ne peux pas la marier contre sa volonté, à quelqu'un dont elle a horreur.

— Tu lui connais d'autres prétendants ? Et puis comment elle peut avoir horreur de quelqu'un qu'elle ne connaît même pas ? Elle a juste peur de quitter la maison, ce n'est pas bon qu'elle reste attachée comme ça à toi. Tu es son frère, pas son mari.

— De toute façon tu portes le deuil de ton père jusqu'à la fin de l'année ; on verra tout ça après le nouvel an, a coupé court mon père.

La muette se tenait au coin de la cour et fumait une clope. J'avais envie d'aller la consoler et de lui raconter ce que j'avais entendu la veille, mais je n'ai pas osé. Elle avait l'air très sombre. Je la regardai depuis la fenêtre et pris une décision.

Le vendredi suivant, lorsque le mollah était venu pour la prière, je n'étais pas sortie dans la cour avec la muette, j'étais restée dans la cuisine et avais proposé à ma mère de préparer le thé. En vérité, c'était pour espionner. Alors que j'avais noué mon foulard bien serré sous mon cou et que je m'avançais vers le mollah, le plateau de thé en main, j'avais surpris son regard par-dessus ses lunettes en train de me toiser. Il avait certainement cru que c'était la muette qui allait le servir. Je m'étais courbée et tenais le plateau devant lui pour qu'il prenne la tasse mais je l'avais trop remplie et un peu de thé avait coulé dans la soucoupe. « Combien de fois je devrai te dire qu'il ne faut pas trop remplir les tasses. » C'était ma mère qui me reprochait ma maladresse. Mes mains tremblaient, le plateau et la tasse avec. Il n'y a pas de mal, a dit le mollah en prenant sa tasse. J'ai levé les yeux et mon regard a croisé le sien qui me perçait. Je ne sais pourquoi, mais à cet instant-là j'ai eu un mauvais pressentiment. Je suis retournée à la cuisine, sans cesser de les surveiller. À la fin de la prière, il s'est entretenu avec ma mère devant la porte d'entrée, je ne pouvais l'entendre, il parlait d'une voix très discrète. J'étais sûre que ma mère mijotait quelque chose. J'avais décidé de désamorcer sa stratégie.

— Qu'est-ce que tu as fait pour être condamnée à la pendaison ?

— C'est long à raconter.

— Alors c'est ça que tu es en train d'écrire ?

— Plus ou moins.

Nous faisions le grand nettoyage de nouvel an. Mon père était en voyage et ma mère à son travail. J'aidais la muette à laver la porte-fenêtre. Il faisait beau, ensoleillé, et le fond de l'air était frais, un vrai temps de printemps. J'avais le tuyau en main et rinçais la fenêtre. Mon oncle est apparu sur le seuil de la porte, il avait fait les courses ; il est revenu dans la cour après avoir déposé les affaires dans la cuisine. Il a raconté qu'il n'avait pas pu acheter de pain parce qu'il y avait eu une bagarre chez le boulanger : comme d'habitude quelques-uns avaient triché et s'étaient faufilés dans la longue queue ; après des protestations et des insultes, plusieurs personnes en étaient venues aux mains, un type avait sorti un couteau et l'avait enfoncé dans le ventre d'un autre.

— Quel pays ! Les gens sont capables de s'entre-tuer pour un morceau de pain, dit-il en allumant une cigarette.

Ce n'était pas chose rare, ce genre de scènes dans notre quartier ; j'ai toujours pensé que, pour les hommes pauvres, la violence gratuite était la seule façon de prouver leur virilité.

La muette ne faisait aucune attention à lui et continuait à laver la fenêtre. Mon oncle s'approcha d'elle et lui proposa une cigarette. Sans se retourner vers lui, la muette vint vers moi, prit le tuyau et dirigea le jet d'eau sur mon oncle. Il cria : mais ça va pas, qu'est-ce qui te prend ? Il y avait de la rage et pas de jeu dans l'attitude de la muette. Trempé, il jeta sa cigarette éteinte et lui retira de force le tuyau ; ils étaient l'un contre l'autre, elle résistait, mais lui était bien plus fort. Il l'arrosa à son tour. Elle était trempée et très belle dans sa longue robe mouillée qui lui collait au corps.

En les regardant, j'étais persuadée du bien-fondé de mon plan. En réalité, il était simple : aller trouver mon oncle chez lui et lui ouvrir les yeux. J'avais répété plusieurs fois dans ma tête ce que je lui dirais. Il ne fallait pas rabaisser la muette ; ça, elle ne me l'aurait pas pardonné. Il fallait le mettre au courant des intentions du mollah et de ma mère, du désespoir de la muette, de son amour pour lui. J'avais pensé lui donner un rôle de héros. Le seul à pouvoir sauver la muette. J'avais décidé d'aller le voir le lendemain. Il n'est pas venu dîner ce soir-là avec nous. Ma mère était de mauvaise humeur et la muette enfermée dans son univers ; elle avait l'air pensive. J'ai lavé la vaisselle et on s'est couché assez tôt. Sur le matelas, je réfléchissais à mon plan et voyais déjà la muette, qui était allongée à côté de moi, en robe de mariée au bras de mon oncle. Je me suis endormie pleine d'optimisme.

Ma mère m'a réveillée à l'aube, elle était agitée. Je me suis levée, elle répétait :

— Où est passée ta tante ?

Encore ensommeillée, j'ai constaté que la place de la muette était vide.

— Qu'est-ce que j'en sais ? Elle est peut-être aux toilettes.

— Je viens d'en sortir.

La porte-fenêtre de la cour était fermée, elle ne pouvait donc pas être dehors, mais j'ai quand même allumé la lumière de l'extérieur pour voir. J'ai regardé aussi dans la cuisine.

— Si je te pose la question, c'est que j'ai déjà vérifié qu'elle n'est pas à la maison, ni d'ailleurs dans la rue, m'a dit ma mère paniquée.

Je ne comprenais pas où elle pouvait être passée, surtout à une heure pareille, mais tout d'un coup j'ai eu une intuition.

— Si tu sais quelque chose, dis-le-moi.

— Je ne sais rien, comment pourrais-je savoir où elle a pu disparaître comme ça ?

— Ton père va rentrer cet après-midi ; il faut la retrouver avant, sinon il va croire que...

— Peut-être qu'elle a fui pour se sauver du mariage forcé avec le mollah.

— Mon Dieu, aide-moi, ça va faire un scandale si les gens l'apprennent..., répétait ma mère.

Elle a mis son tchador et m'a dit qu'elle allait réveiller son frère pour qu'il aille à la recherche de la muette. À ces mots, j'ai tressailli : c'est trop tôt, va à ton travail, moi j'irai prévenir mon oncle. Mais elle avait déjà ouvert la porte et était presque dans la rue. J'ai couru derrière elle et tiré sur son tchador : j'irai, moi, vas-y, tu vas être en retard. Elle s'est retournée, et j'ai vu dans ses yeux son regard soupçonneux. J'ai mis mon foulard sur la tête et, pieds nus, je lui ai couru après : mais c'est trop tôt pour le réveiller, va à ton travail, j'irai, moi. Elle s'est retournée à nouveau et m'a donné une gifle. Je continuais à la suivre. Il y avait deux hommes dans la rue qui nous regardaient. Elle a ouvert la porte de la maison de mon oncle, je suis entrée avec elle. Dans notre hâte, nous avions laissé la porte ouverte. Elle est restée deux secondes paralysée devant la scène que nous découvrions : la muette et mon oncle étaient nus, endormis dans les bras l'un de l'autre. Moi aussi j'étais interdite et sans voix. Dieu, que c'était beau, ces deux corps entremêlés. Dangereusement beau.

Ma mère est revenue à elle et s'est mise à crier au scandale. Ils ont sursauté. Surpris, ils essayaient de tirer le drap pour vêtir leur nudité. Ma mère faisait mine de tomber en syncope. Les deux hommes dans la rue s'étaient avancés jusqu'au seuil de la porte ; je l'ai fermée. Mon oncle, un drap autour du corps, répétait à ma mère : je l'épouserai, je l'épouserai ; ne t'inquiète pas. La muette a pris sa robe et s'est retirée dans la salle de bain pour se rhabiller.

Ma mère répétait : quel malheur, quel malheur.

Je lui ai dit : pourquoi malheur ? Puisqu'il te dit qu'il l'épousera...

Elle m'a jeté une des chaussures de mon oncle qu'elle avait sous la main ; je n'ai pas eu le temps d'esquiver et l'ai reçue en pleine poitrine. J'en avais assez de son cinéma :

— Quoi, tu préférais la marier au mollah, c'est ça ? Et tes plans tombent à l'eau.

Elle m'a dit que j'étais une sale pute comme ma tante, que j'étais au courant de ce qui se tramait : c'est pour ça que je voulais l'empêcher de venir ici.

— Et ça fait combien de temps que ça dure ? Les gens avaient donc bien raison de dire que la maison de mon père s'était transformée en bordel..., se lamentait-elle en se frappant la tête.

Je lui ai dit que pour quelqu'un qui venait d'avoir une syncope elle en faisait trop. Elle m'a lancé l'autre chaussure de mon oncle, mais cette fois-ci je l'ai évitée. La muette est réapparue ; elle avait un air nonchalant, serein, et les cheveux détachés. Ça lui allait très bien. J'admirais son audace. Mon oncle essayait de raisonner sa sœur et finalement, au bout d'une heure, elle s'est calmée ; elle est partie à son travail. La muette et moi sommes rentrées à la maison. Dans la rue, devant chez mon oncle et devant chez nous, il y avait des attroupements ; les gens nous suivaient du regard. Nous rasions les murs et marchions d'un pas pressé pour nous réfugier à la maison.

— C'est étrange que tu sois gardien de prison.

— Je n'ai pas choisi.

— Tu fais ton service militaire ? Pourquoi ne réponds-tu jamais ?

— Je n'ai pas le droit de te parler.

De la volonté, la muette n'en manquait pas ; seuls des êtres d'une intelligence médiocre, comme ma mère, pouvaient sous-estimer son opiniâtreté ; elle qui s'était obstinée dans le silence pendant des années ! Elle avait décidé de mettre un terme à ce projet de mariage avec le mollah ; et elle l'avait fait d'une façon radicale. Elle s'était offerte à l'homme qu'elle aimait, sans rien lui demander en échange. Un acte plus que révolutionnaire pour une femme, et pas seulement dans notre milieu, mais dans ce pays où l'amour est toujours l'affaire de l'honneur des frères et des pères, une affaire de contrat et d'arrangement, un simple commerce. Dans ce pays où l'amour est interdit.

Quelque chose avait changé en elle, je ne sais quoi au juste, mais je voyais la muette autrement ; elle n'était plus tout à fait la même et ce jour-là, où nous étions ensemble toutes les deux à la maison, comme des milliers de fois, ne ressemblait à aucun autre jour. J'avais envie de lui parler, mais ne savais que dire, et j'étais assez mal à l'aise ; je la sentais très gênée d'avoir été surprise nue dans les bras de mon oncle, mais en même temps il y avait une quiétude dans son attitude ; elle était amoureuse, avait le bonheur en elle et ça crevait les yeux. Elle préparait le petit déjeuner. « Vas-y, assieds-toi, je le ferai », lui ai-je proposé maladroitement. Elle m'a regardé avec une ébauche de sourire sur les lèvres et de l'affection dans le regard. J'osai et lui dis de façon entrecoupée :

— Tu as fait ce qu'il fallait. Plus personne ne t'emmerdera. Maintenant il faut que tu te fasses une robe de mariée. Je suis très contente pour toi.

Et là, j'ai eu de la tristesse, car j'allais la perdre, elle ne serait plus à moi, mais à mon oncle.

— Je pourrai venir chez vous tous les jours ?

J'avais des larmes qui coulaient sur mon visage. « C'est l'émotion », lui ai-je dit. Elle m'a pris dans ses bras et m'a serrée très fort. Dans ces mêmes bras amoureux qui avaient enlacé mon oncle. Je ne sais pourquoi, mes larmes continuaient à couler alors que je me sentais prodigieusement heureuse et en sécurité.

Vers trois heures de l'après-midi, on a sonné à la porte. J'ai cru que c'était mon père, j'ai couru ouvrir la porte. C'étaient deux hommes du comité, kalachnikov à l'épaule. Ils sont entrés en m'écartant de leur chemin. L'un d'eux a pris la muette par le bras violemment. Donne-moi un tchador, m'a-t-il crié. J'ai obéi. Mes genoux tremblaient. La muette avait le regard terrifié. Ils lui ont mis le tchador sur la tête, l'ont fait sortir de la maison et l'ont fait monter dans leur voiture. Je me pinçais, me donnais des gifles pour me réveiller, mais ce cauchemar n'était pas un rêve. Leur intrusion avait été si brutale et si rapide que je n'en ai pris conscience qu'une fois leur voiture disparue au coin de la rue. J'ai couru chez mon oncle pour le prévenir. J'ai sonné, frappé à la porte. Un des voisins m'a dit : ils sont venus et l'ont embarqué au comité.

Je n'avais pas la force de refaire les cinquante mètres qui me séparaient de la maison. Je me suis effondrée par terre, devant la porte de chez mon oncle. Je sanglotais.

Mon père est rentré en début de soirée. Je lui ai raconté ce qui s'était passé l'après-midi, sans oser dire un mot à propos de la scène chez mon oncle. Le pauvre, il était abasourdi. Il a couru tout de suite au comité. Lorsqu'il est parti, je me suis dit que j'aurais dû tout lui raconter pour qu'il ne l'apprenne pas par les hommes du comité. Je faisais les cent pas dans la pièce lorsque ma mère est arrivée. D'un air accablé, elle m'a dit :

— Va me chercher un verre d'eau.

Je le lui ai apporté sans rien dire.

— Où est ta tante ? J'espère qu'elle n'est pas encore allée retrouver son amant, dit-elle entre deux gorgées.

— Ça t'est si insupportable, son bonheur ? Tu es si méchante que tu ne peux pas être contente pour elle et pour ton frère.

— Je vois qu'elle a vraiment une très bonne influence sur toi. Tu la défends après le déshonneur qu'elle nous a infligé.

— Mais en quoi c'est un déshonneur, leur amour ? En quoi ça te regarde ?...

Je pleurais à nouveau, je sanglotais, je détestais ma mère, je la haïssais.

— Où est ta tante ? Je te demande de me répondre.

— Sois contente, ils l'ont emmenée au comité, lui ai-je répondu.

— Qui, ils ?

— Qui veux-tu que ce soit ? Les hommes du comité ; ils ont débarqué ici. Si tu n'avais pas hurlé, si tu n'avais pas réveillé les voisins, rien de tout ça ne serait arrivé.

— Et ton oncle ?

— Lui aussi, il y est.

Elle a remis son tchador pour se rendre au comité. Je lui ai dit que mon père y était déjà. Pour elle, il n'y avait qu'une seule coupable, ma tante. Pour moi, tout était de sa faute à elle.

Mon père est revenu seul du comité.

— Ils les gardent. Le mollah n'était pas là. J'y retournerai demain matin.

Il était anéanti.

Ce fut la première nuit de ma vie passée sans la muette à mes côtés.

J'ai dit à mon gardien, ce matin, en prenant mon opium : ils sont au courant pour ça ?

— Mais non !

— Alors pourquoi tu prends le risque ?

Il s'en est allé. J'ai crié : tu n'as pas le droit de me parler, c'est ça ? Mais peut-être que je n'aurais pas dû.

Aux yeux du mollah, la muette avait commis l'adultère ; elle n'était pas officiellement sa femme, mais il l'avait demandée en mariage auprès de ma mère qui lui avait donné le consentement de mon père. La muette, à son insu, lui avait été promise. Un mollah trompé par sa nouvelle future femme, un tartuffe blessé dans son honneur et sa vanité pieuse, même Dieu tout-puissant ne peut rien contre sa vengeance. La muette allait être lapidée. Même aujourd'hui, alors que je croupis dans cette prison en attendant ma pendaison, après avoir connu tant d'horreurs, je ne peux dire dans quel état l'annonce de cette sentence nous avait mis, mon père et moi. Il n'y a pas de mots pour décrire une telle barbarie : imaginer un seul instant que ma tante muette serait enterrée jusqu'aux bras et qu'une horde humaine lui jetterait des pierres pour la tuer nous remplissait d'épouvante, mais aussi d'une fureur capable d'embraser toute la ville. J'aurais pu à moi seule assassiner le mollah et tout le quartier. Dans mes crises de larmes, je suppliais mon père de faire quelque chose. À treize ans, on croit encore son père tout-puissant. Je ne l'avais jamais vu pleurer, mais, depuis qu'on nous avait appris que la muette allait être lapidée, il pleurait à chaudes larmes. Constatant son impuissance, je suppliais Dieu qu'il y ait un tremblement de terre, des bombes, une guerre, qui anéantissent toute la ville, tout le pays, pour que la lapidation de la muette n'ait pas lieu. Je suis incapable d'exprimer la haine que je ressentais pour ma mère, pour sa bêtise, sa stupidité et sa méchanceté ; comment mon père parvenait-il à se maîtriser ? À sa place, je l'aurais rouée de coups. Elle n'arrêtait pas de répéter que ce n'était pas de sa faute, qu'elle avait bien raison quand elle disait de ne pas laisser la muette aller chez mon oncle. Par moments, j'avais envie de l'étrangler pour la faire taire. Mon imagination me torturait, la scène de la lapidation se répétait dans ma tête ; je voyais la muette, celle que j'aimais le plus au monde, celle qui m'avait aimée, élevée dans ses bras, celle qui était mon refuge, être lapidée. J'ignorais qu'une telle souffrance pouvait exister. Nul ne mérite une mise à mort si atroce, pas même le plus criminel des hommes, et surtout pas ma merveilleuse tante muette dont le seul crime avait été d'avoir osé l'amour. Tantôt je priais Dieu, tantôt je le menaçais : Ah, Dieu, je te tuerai de mes propres mains si jamais tu laisses lapider ma tante.

Mon père était allé implorer le mollah ; il s'était jeté à ses pieds, lui avait raconté comment elle était devenue orpheline à dix ans, comment il l'avait élevée dans la misère ; il avait demandé sa grâce. Le mollah lui avait promis que la muette ne serait pas lapidée, seulement pendue, mais en échange il lui avait demandé ma main. Dans ses pleurs, mon père avait consenti.

Quand il est rentré à la maison, il était comme un oiseau blessé qui ne sait plus voler et se traîne sur une patte. Dès qu'il a franchi le seuil de la porte, j'ai couru vers lui. Elle ne sera pas lapidée, mais pendue, dit-il d'une voix étranglée. Il s'est effondré par terre, hagard, regard éteint. Cette nouvelle a chassé l'image de sa lapidation de ma tête, mon père venait de la sauver. La pendaison est une mort digne et douce par rapport à la lapidation.

Nous étions en deuil bien avant le jour de la pendaison. Le mollah ne voulait pas laisser traîner cette histoire ; alors il avait fixé la date. Il avait accordé exceptionnellement un droit de visite à mon père, un seul. Je l'avais accompagné, mais j'ai dû l'attendre devant la porte de la prison, de cette même prison où je me retrouve aujourd'hui. Il est sorti après dix minutes ; il n'a pas ouvert la bouche et je ne lui ai posé aucune question. Je lui ai simplement tenu le bras car je sentais qu'il pouvait s'effondrer dans la rue. Lorsque nous sommes rentrés à la maison, il s'est allongé et ne s'est plus levé pendant des jours.

La pendaison devait avoir lieu le vendredi matin, jour férié, sur la place publique du quartier, pour qu'il y ait le plus de spectateurs possible. Nous étions tous à la maison ; mon père était malade, incapable de se lever. Moi, je voulais voir la muette une dernière fois avant sa mort. Je voulais voir sa pendaison pour ne pas oublier ce qu'on lui avait fait. Ma mère s'est mise devant moi pour m'empêcher de sortir. Je l'ai repoussée de toutes mes forces et suis sortie. Au moment où je suis arrivée sur la place, des hommes cagoulés faisaient monter la muette sur un camion. Elle portait un habit noir et long qui lui cachait même les pieds et un voile noir sur la tête qui lui couvrait entièrement les cheveux mais laissait son visage découvert. Elle avait les deux mains liées dans le dos. Un homme lui a passé la corde autour du cou ; elle regardait les gens, je la regardais et voulais l'appeler pour qu'elle sache que j'étais là ; ma voix ne sortait pas et pourtant je criais, ou du moins j'essayais de crier. La réalité dépassait le cauchemar, les sanglots que j'avais dans la gorge me coupaient la respiration ; même l'air avait du mal à y passer. Je criais, mais aucun son ne sortait de ma bouche. Des larmes de sang coulaient sur mon visage. J'essuyais sans cesse mes yeux pour que la dernière image de la muette ne soit pas troublée par les grosses larmes qui les encombraient. La muette avait un visage apaisé, je suis sûre qu'elle ne regrettait pas d'avoir vécu cette nuit d'amour et qu'elle préférait mourir plutôt que de devenir la femme du mollah. Elle a levé la tête vers le ciel. Je la regardais et lorsqu'elle a baissé la tête, elle m'a vue dans la foule ; pendant quelques secondes nous étions les yeux dans les yeux. Je pleurais, elle avait une ébauche de sourire sur les lèvres, elle était déjà ailleurs. Le bras de la grue a soulevé le corps de la muette. La foule scandait « Allah Akbar ». La muette est restée pendue entre ciel et terre.

On l'a enterrée dans la parcelle du cimetière réservée aux criminels pour que son péché d'adultère ne contamine pas les vertueux musulmans. Misérables humains que les pauvres croyants. Les jours qui ont suivi j'ai pleuré toutes les larmes de mon corps.

Sept jours après l'enterrement, un homme sonna à notre porte, mon petit frère a ouvert. Ton père est là ? a dit une voix masculine qui tenait à se faire entendre. Mon père s'est levé, il s'est entretenu quelques minutes avec l'inconnu, en laissant la porte entrouverte derrière lui, puis il est rentré, l'air accablé, a fermé la porte, s'est affaissé sur le kilim. Il tenait un papier à la main.

— Qu'est-ce que c'est ? a demandé ma mère.

— C'est l'acte de mariage de ta fille.

Avant même qu'il n'ouvre la bouche, je ne sais comment, j'avais tout compris. Ma mère, agitée, le questionnait. Je ne l'écoutais pas. Je pleurais et ne savais ce qui faisait couler mes larmes, la mort de la muette, le désespoir de mon père ou le sinistre avenir qui m'attendait. Je n'ai pas blâmé mon père, j'aurais fait la même chose si j'avais été à sa place, j'aurais même été capable de pire pour sauver la muette de la lapidation. Le mollah avait établi l'acte de mariage, il n'avait pas besoin de mon consentement, car, selon la loi, j'étais sous tutelle paternelle et mon père avait le droit de me marier à qui bon lui semblait. Il lui avait donné son accord. Je devais être chez lui le lendemain matin.

Mon oncle avait eu trois mois d'emprisonnement et cent vingt coups de fouet. Envers lui aussi le mollah s'était montré clément et avait réduit le nombre de coups à quatre-vingts.

Je ne me suis endormie qu'au petit matin et j'ai rêvé de la muette. Elle était sur le gibet, mais les mains libres ; d'un mouvement de main, elle a ôté son voile.

Tête nue, les cheveux en deux longues nattes, elle avait retrouvé son allure digne. Provoquée par son geste, la foule dévote hurlait : pendez-la ! Je me suis réveillée en criant.

J'ai quitté la maison sans regret, y vivre m'était insupportable après la mort de la muette. J'ai serré dans mes bras ma petite sœur, dit au revoir à ma mère et à mon frère. Mon père m'a accompagnée, il tenait un sac que ma mère m'avait préparé. Sur le chemin, je lui ai dit : tu as bien fait, j'aurais accepté moi-même ce mariage pour empêcher la lapidation de la muette. Il n'a pas ouvert la bouche, il marchait comme un automate. J'avais décidé de m'enfuir le jour même, mais ne lui ai pas révélé mon intention ; j'ai pensé : c'est mieux de ne pas l'impliquer.

Nous avons traversé le quartier. Dans une rue large, devant une porte métallique de couleur marron, au numéro vingt-huit, mon père s'est arrêté. C'est ici, murmura-t-il. Nous sommes restés là deux ou trois minutes, le temps d'une éternité. Il a posé sa main sur mon épaule et, d'une voix grave et désespérée, il m'a demandé : Pardon. Je n'ai pas réagi ; il a répété : Pardonne-moi, ma fille. J'aurais voulu me jeter dans ses bras, mais j'étais paralysée, son geste était si inattendu qu'il m'a laissée interdite. Et puis, j'étais saisie d'une sorte d'indifférence, je n'étais pas dans mon corps, j'étais toujours là-bas, sur la place, devant le corps pendu de la muette.

Mon père a sonné. Une femme en tchador noir nous a ouvert la porte, elle a conduit mon père dans le bureau du mollah. C'était sa deuxième femme ; moi, j'étais la troisième. Elle m'a accompagnée dans une pièce, c'était ma chambre. Un proverbe m'est venu à l'esprit : « Entre en robe blanche de mariée, debout sur tes deux jambes, dans la maison de ton mari, et n'en sors qu'à l'horizontale, en linceul. » Je n'étais pas ce jour-là en robe blanche de mariée, et j'envisageais de m'évader le jour même. Avant de partir, mon père est venu me voir. Il est resté sur le seuil de la chambre sans entrer :

— Si tu as besoin de quelque chose…

— Ça ira, ne t'inquiète pas.

Ce fut la dernière fois que je l'ai vu. Il est mort deux semaines plus tard. Ma mère l'a trouvé dans la cour, cigarette à la main ; il avait eu une crise cardiaque.

L'après-midi, j'ai pris mon sac et essayé de m'enfuir, mais la porte de la maison était fermée à clé. Je n'ai pas aperçu le mollah de toute la journée, la nuit non plus. J'ai cru qu'il voulait me laisser en paix. Mais la deuxième nuit, il est entré dans ma chambre. J'étais allongée. À sa vue, j'ai sursauté et suis sortie dans la cour. Il est resté un long moment, puis est ressorti et est allé dans une autre pièce, sans rien me dire ni me regarder. Soulagée, je suis retournée dans la chambre ; je m'étais blottie dans un coin lorsque la porte s'est rouverte. Je me suis levée, il a fermé aussitôt la porte à clé. Il était devant moi, c'était la première fois que je le regardais vraiment. Il avait enlevé son turban, mais portait toujours sa robe de mollah. Il avait dans les cinquante ans, le crâne chauve, le cou épais, le visage et le ventre bien gras, le regard fourbe et lubrique. Il a avancé vers moi, j'ai reculé, il m'a attrapée, je me suis débattue et j'ai résisté quelques minutes. Il m'a flanquée sur le matelas et, avant que je ne puisse me relever, il s'était mis sur moi. Il était lourd et son haleine puait la viande pourrie. J'ai senti son sexe dur, nu sous sa robe de mollah. J'étais tétanisée de peur, mais essayais vainement de me défendre. Il a baissé mon pantalon et a enfoncé son sexe en moi. J'ai eu très mal, des brûlures. J'avais honte. Il s'agitait sur moi, sa respiration haletante rendait son haleine encore plus forte, j'ai caché ma tête sous l'oreiller pour ne pas la sentir. Il a fini, s'est retiré, s'est allongé quelques secondes, puis s'est levé, a ouvert la porte et il est parti. Mes jambes tremblaient, j'avais un mélange de sang et de sperme entre les cuisses.

J'ai rêvé de mon gardien hier soir. Je ne me souviens pas très bien, mais je n'étais plus en prison, j'étais vendeuse dans un magasin. Il passait en voiture et je le voyais à travers la fenêtre. J'ai failli lui dire que j'avais rêvé de lui.

J'ai tué deux cafards aujourd'hui ; normalement ils se tiennent loin de moi, ils se méfient de mon instinct meurtrier ; ils ont raison, je n'ai plus peur d'eux, alors qu'il y a un an, rien qu'à la vue d'un cafard, j'étais saisie d'une terreur mortelle. Ils le savent, dans cette cellule, c'est moi le maître.

Le lendemain de mon dépucelage, sa deuxième femme m'a présenté la première, qui habitait dans la plus grande pièce de la maison, en me précisant que désormais il me revenait d'en prendre soin. J'avais en face de moi une vieille paralysée ; elle avait eu une attaque. Le mollah aimait que chaque tâche soit bien effectuée et il avait établi lui-même le partage des travaux entre ses femmes. La deuxième bénéficiait du prestige de l'ancienneté. Elle m'a tendu un papier sur lequel il y avait deux listes parallèles. Elle faisait la cuisine, le nettoyage du bureau du mollah, de leur chambre commune, le nettoyage de la cour et l'arrosage des arbres et des plantes. Moi, j'avais en charge la première femme invalide et le nettoyage des toilettes et de ma chambre. Il y avait une machine à vaisselle et un lave-linge. Elle m'a dit qu'avant mon arrivée elle s'occupait de tout, y compris de la vieille, et qu'elle n'était pas jalouse de moi car ma présence lui permettrait de respirer un peu. Elle a ajouté fièrement que, la nuit de ma noce, le mollah l'avait passée avec elle pour l'honorer et lui prouver que je ne prendrais pas sa place à elle, mais puisque finalement j'avais été dépucelée la veille, il fallait que j'accomplisse comme sa troisième femme les devoirs qui m'incombaient.

— Il a un sens aigu de la justice et traite ses femmes avec équité, ai-je ironisé.

Mais elle n'a rien compris et m'a répondu : oui, tout à fait. Je suis restée dans ma chambre sans en sortir de toute la journée. Le soir, le mollah est apparu devant ma porte. J'ai étendu le matelas et me suis allongée dessus pour en finir le plus tôt possible. Mais il est resté debout et m'a dit :

— Ce n'est qu'une nuit sur deux que vous en avez le droit.

J'allais l'insulter, mais finalement je me suis levée sans rien dire. Il a repris.

— Vous ne vous êtes pas occupée de ma première femme aujourd'hui, et pourtant Zahra vous a montré ce matin la liste des tâches qui sont les vôtres.

J'ai fait semblant de l'ignorer. Il s'est répété mot pour mot.

J'ai fini par dire : je ne vois pas pourquoi je dois m'occuper d'une vieille femme que je ne connais même pas.

— Si, vous la connaissez ; elle est ma première femme et vous avez le devoir de vous en occuper puisque vous avez pris sa place.

— Sa place ? Quelle place ?

— Avant vous, c'est elle qui partageait mes nuits. Alors je vous conseille d'aller vous en occuper maintenant et je ne donnerai aucune suite à votre désobéissance.

— Je ne suis la bonne de personne.

— Est-ce votre dernier mot ?

— Non, et je vais vous dire, vous êtes un assassin, vous avez tué ma tante, vous m'avez volée, violée et... vous n'êtes qu'un...

Je n'ai pu terminer ma phrase, il s'est approché, Zahra est apparue derrière lui. Il a pris l'oreiller et l'a appuyé sur ma bouche pour que je ne puisse crier. Ils m'ont fait sortir de la chambre, puis descendre les escaliers. Le mollah m'a bâillonnée, m'a attaché les mains derrière le dos et enfermée au sous-sol. J'étais dans le noir. Après quelques minutes, j'ai senti un cafard sur mon pied nu, j'allais mourir de peur. Je l'ai rejeté avec l'autre pied d'un mouvement brusque ; je hurlais, mais ma voix était étouffée par le bâillon que j'avais dans la bouche. J'ai passé la nuit les yeux grands ouverts à surveiller les cafards et à m'en tenir à distance.

Je fus réveillée le lendemain par la lumière du jour lorsque le mollah ouvrit la porte. Il était rentré à la maison pour le déjeuner. Il me demanda si j'obéissais ou préférais passer quelques nuits de plus au sous-sol. Je fis oui de la tête. Il m'enleva le bâillon et me libéra les mains.

Il m'a conduite dans la chambre de sa première femme. Zahra m'a montré comment il fallait faire. Je devais changer trois fois par jour sa couche. Je me suis mise à l'ouvrage. La puanteur me donnait des nausées. Le soir, j'ai demandé des gants et des masques au mollah. Il m'a dit que je les aurais rapidement. Le lendemain matin, lorsque je suis sortie de ma chambre, je les ai trouvés, déposés devant la porte.

L'été arrivait à sa fin. Je ne pouvais continuer l'école puisque j'étais mariée, et pour les cours du soir le mollah ne m'a pas donné la permission. Il a dit que je pouvais étudier à la maison et m'a apporté un petit dictionnaire et deux livres religieux. Je n'avais pas le droit de sortir. La porte était toujours fermée à clé, Zahra en gardait le double, toujours sur elle, dans son corsage.

Ma mère passait de temps à autre me rendre visite. « Je suis rassurée, tu ne manques de rien et je vois que tu es bien traitée par le mollah et sa femme », me répétait-elle à chaque fois. Elle m'a raconté que, depuis la mort de mon père, le mollah l'aidait un peu pour ses fins de mois. Il ne faisait que son devoir de gendre, avait-il précisé lui-même pour qu'elle ne soit pas embarrassée. Elle m'a dit qu'elle se sentait très seule. Après sa sortie de prison, mon oncle avait quitté la ville sans lui dire adieu. Je préférais qu'elle ne vienne pas. La voir me faisait mal.

Je pensais toujours à m'enfuir ou plutôt je rêvais de m'enfuir mais je ne savais comment. Je me sentais coupable de la mort de la muette et je vivais ma vie comme une punition méritée. La souffrance expiait ma culpabilité. Cette adolescente de treize ans que j'étais m'était à présent étrangère et lointaine. Le mollah venait une nuit sur deux dans ma chambre. Je m'occupais de sa première femme, je lavais les toilettes et je passais beaucoup de temps seule dans un coin à lire le dictionnaire.

Puisque je vais être pendue, je vais dire la vérité. Sans me l'avouer, j'avais aimé le sexe du mollah dans mon vagin. Un soir sur deux, lorsqu'il me pénétrait dans la pénombre, je tremblais d'un plaisir honteux et coupable. Je cachais toujours ma tête sous la couverture pour ne pas sentir son haleine, je mordais l'oreiller pour qu'il ne m'entende pas. Aussitôt qu'il quittait ma chambre pour aller se coucher dans son bureau, je me réprimandais. Je me méprisais. Il avait pendu la muette. Je me sentais sale, coupable, putain. Ma haine se retournait contre moi-même.

Je me suis retrouvée enceinte après six mois. J'étais tout le temps malade, dès que j'avalais quelque chose je vomissais. Je voulais vomir l'enfant qui grandissait dans mon ventre. Pendant la grossesse, je ne supportais pas l'odeur du mollah ; dès qu'il m'approchait, j'avais des nausées. Il me laissa tranquille pour le bien de l'enfant et passa chaque soir dans la chambre de Zahra. Il était ravi d'être à nouveau père et voulait un fils. Je n'avais pas encore tout à fait quatorze ans et j'allais être mère de l'enfant d'un homme que je haïssais.

Me savoir enceinte était insupportable à Zahra, qui ne pouvait pas avoir d'enfant. Elle me cherchait tout le temps querelle et me reprochait de ne pas bien faire mon travail. Je n'arrivais plus à nettoyer la première femme. L'odeur des excréments me faisait vomir mes entrailles. J'en ai parlé au mollah et il a demandé à Zahra de me remplacer pendant ma grossesse ; ça l'a rendue encore plus hostile ; je devais, en échange, cuisiner et laver la cour. Un jour, elle m'a fait un croche-pied ; je suis tombée sur le ventre. J'étais enceinte de cinq mois et crus que j'allais faire une fausse-couche. L'idée de perdre l'enfant ne me dérangeait pas en soi, je ne l'avais pas désiré, loin de là, mais j'ai eu mal en tombant et j'en avais assez de ses méchancetés. Alors je me suis levée et jetée sur elle. On s'est bagarrées. Le soir, elle a raconté sa version au mollah. Il est venu me voir, je lui ai raconté la mienne. Il m'a ordonné de l'accompagner ; je l'ai suivi dans la chambre de Zahra ; puis, toutes les deux, nous l'avons suivi au sous-sol. Il nous a enfermées dans le noir, en disant que si nous n'étions pas capables de nous comporter convenablement il pouvait nous aider en nous ligotant les mains. C'est cette nuit-là dans le sous-sol que j'ai pris ma décision.

— Ta pendaison aura lieu ce vendredi.

— Merci.

— De quoi ?

— De me le dire.

Après quelques secondes de silence, il a dit :

— Je m'appelle Arasch et je suis de Chiraz.

Je regardais ses yeux couleur de miel, de soleil, couleur d'espoir. J'ai ressenti quelque chose que je n'avais jamais connu dans ma vie.

Je vais être pendue sur la même place publique où la muette a été pendue. C'est étrange, au moment de sa pendaison, je me suis vue à sa place, j'ai senti la corde autour de mon cou. Je n'ai pas peur de la mort, aussi insaisissable qu'elle soit. À quinze ans, on est trop jeune pour craindre la mort.

Mon accouchement fut très difficile. Plus de trente heures j'ai souffert le martyre ; je maudissais le ciel et la terre, le mollah et son enfant. Il ne voulait pas naître. La sage-femme était venue à la maison, le mollah voulait que l'accouchement se fasse naturellement. Il fut déçu, c'était une fille. Je ne l'ai pas prise dans mes bras. Je ne me sentais pas mère. Je croyais mourir d'épuisement.

Quarante jours après l'accouchement, le mollah réapparut dans ma chambre. Comme avant, sans enlever sa robe, il me pénétra ; je ne sais si c'était la douleur de l'accouchement, les mois de solitude ou le nourrisson qui dormait à côté de moi, mais je ne ressentais rien et restais inerte sous son corps. Après le coït, il se retira de moi, se leva et alla dans sa chambre. Il revenait une nuit sur deux. Et une nuit sur deux, sous le corps du mollah, lorsqu'il s'agitait sur moi, j'imaginais la scène ; je regardais la veine jugulaire de son cou, côté droit puisque je suis gauchère ; il me fallait de la précision et du sang-froid ; je ne pouvais prendre le risque d'un geste maladroit. À force de l'avoir imaginé, j'aurais pu le faire dans le noir total. Et finalement je l'ai fait.

J'avais aiguisé le couteau et l'avais caché sous le matelas. Je l'ai enfoncé dans sa gorge lorsque son sexe était dans mon vagin. Je l'ai repoussé et lui ai donné plusieurs coups de couteau dans la poitrine. Il gisait dans le sang. J'ai regardé quelques instants le nourrisson qui dormait et pensé au proverbe si cher à ma mère : Nul ne peut lutter contre son destin… Le sien commençait mal dès le berceau ; l'abandonner à Zahra ou à ma mère aurait été criminel. J'avais envie de la prendre dans mes bras, mais j'ai pris un oreiller et l'ai tenu pressé sur son visage. Elle avait quatre mois et s'appelait Zynabe ; je n'aimais pas son prénom, c'était le mollah qui l'avait choisi. Je voulais me suicider, mais m'ouvrir les veines avec le couteau couvert du sang du mollah m'était impossible. Je crois aussi que je n'avais plus la force ni la rage qu'il fallait. J'ai pensé m'enfuir à Téhéran ; personne ne pouvait me reconnaître là-bas. J'ai pris la clé du bureau dans la poche de sa robe. Je savais qu'il cachait de l'argent dans le meuble où se trouvait aussi la clé de la maison. La lumière de la chambre de Zahra était éteinte. Je suis restée la clé en main pendant des minutes. J'attendais d'être sûre qu'elle dorme, mais en réalité je savais que je ne quitterais pas la chambre. Je n'aurais pas pu commencer une autre vie après avoir tué ma propre fille, même si elle était du mollah. Il y avait trop de cadavres dans ma vie. J'ai pris le corps de mon bébé dans les bras. Je me rappelais la suite du proverbe : « À chacun le sort qui lui échoit, ainsi va la vie. » Moi, je rêvais d'un avenir radieux, croyais avoir un autre destin. Je voulais devenir médecin, j'ai fini assassin.

Je pensais à la muette et me suis rendu compte que la souffrance et la solitude de ma tante ne s'étaient pas effacées avec sa mort, elles étaient devenues miennes. La muette et moi avions la même mauvaise étoile. Je la portais en moi depuis sa mort.

Note de la journaliste

La chaîne de télévision qui m'emploie m'avait envoyée en Iran pour faire un reportage filmé sur la route de la soie. J'étais accompagnée par le caméraman et le preneur de son avec qui je travaille depuis toujours. Les démarches avaient été faites avant notre départ et, le lendemain de notre arrivée, nous étions opérationnels. Nous avions loué un 4 × 4, recruté un chauffeur. Et, bien entendu, un guide informateur qui se débrouillait bien en français nous avait été affecté par les autorités iraniennes. Il se montrait aimable, mais attentif, et nous quittait rarement des yeux.

Le matin, nous avions quitté Qom, la « ville sainte ». Nous roulions sur la route de Kachan, « une des villes les plus anciennes de l'Iran », quand nous sommes tombés sur un barrage. Des travaux sur la route. Nous avons pris une déviation, une piste en mauvais état. Nous avons croisé plusieurs chemins de terre sans aucun panneau indicateur. Le chauffeur ne semblait plus très sûr de l'itinéraire. Le guide et lui discutaient en persan et n'arrivaient manifestement pas à se mettre d'accord.

La voiture s'est arrêtée après avoir doublé un scooter garé au milieu de nulle part. Le chauffeur et le guide sont descendus ; moi aussi, pour me dégourdir les jambes. Le scooter allait repartir lorsque le guide a hélé son conducteur. Il est venu vers nous. Il faisait force gestes à l'appui de ses explications pour indiquer le chemin au chauffeur. J'ai été frappée par ses magnifiques yeux couleur de miel. Il me jetait des regards insistants. Interpellée, je lui ai souri. Notre guide, éprouvant le besoin de soulager sa vessie, s'est retiré. Le chauffeur est retourné dans la voiture. Le jeune homme s'est précipité vers moi et m'a dit en anglais : « *Journalist* » ? Et, sans attendre ma réponse, il a sorti un cahier de l'intérieur de son blouson et me l'a posé dans les bras en disant d'une voix angoissée : « *Take it ! Take it !* » De près, ses yeux, comme deux billes dorées, brillaient sous le charbon de ses cils. Surprise, j'ai réagi rapidement, avant que le guide revienne. J'ai dissimulé le cahier sous mon manteau. Il s'est éloigné. Le guide est revenu, nous sommes montés dans la voiture, elle a fait demi-tour et roulé lentement sur le chemin de terre. Le jeune homme nous a fait un signe de main. Je me suis retournée pour le revoir encore une fois. Il était toujours debout à côté de son scooter. Son image a disparu derrière le nuage de poussière que la voiture soulevait.

Un proverbe persan dit : La mort des pauvres et le crime des riches ne font pas de bruit. J'espère que l'histoire de la muette et de sa nièce fera mentir le proverbe.

Pendant mon séjour en Iran, plusieurs personnes m'ont appris que le régime se servait des pendaisons publiques pour exécuter indifféremment criminels de droit commun et opposants politiques qualifiés de criminels. La vague de répression ne s'est jamais interrompue et, depuis quelque temps, elle redouble d'intensité. Le régime pend à tour de bras.

Note du traducteur

Je suis traducteur d'une trentaine d'ouvrages, tant romans qu'essais, du français et de l'anglais en persan. Ce récit me confronta, pour la première fois, à la tâche singulièrement plus ardue qu'est la traduction du persan en français. Le défi fut d'autant plus difficile à relever que le texte, d'un ton très personnel, avait été rédigé dans des circonstances tragiques. J'ai tenté avant tout, autant que faire se pouvait, de rester fidèle à l'écriture, à la voix, au souffle qui traverse cette histoire. Je me suis simplement permis de corriger quelques fautes de persan commises par l'auteur. J'ai laissé telles quelles les maladresses qui existaient dans le style, parfois parlé et assez familier. L'auteur n'utilisait aucune ponctuation, n'allait jamais à la ligne et n'avait pas divisé son récit en chapitres, certainement à cause du nombre limité de feuilles de son cahier ; peut-être aussi par goût ou sous la pression de ses sentiments. J'ai néanmoins pris la liberté d'aérer le texte dans la traduction pour que la lecture en soit plus aisée.

Il importe enfin d'apporter ici deux précisions d'ordre ethnolinguistique. La première concerne les liens de filiation. Les langues française et anglaise emploient indifféremment le terme « tante » – « *aunt* » pour désigner la sœur du père ou la sœur de la mère, et le terme « oncle » – « *uncle* » pour désigner le frère du père ou le frère de la mère. Dans la langue persane, des mots distincts désignent ces rapports de filiation. *Améh* désigne la tante paternelle, *Khaléh* la tante maternelle, *Amou* l'oncle paternel, et *Dâï* l'oncle maternel. Dans la traduction, j'ai dû préciser que deux des protagonistes du drame étaient l'une – la muette – la « tante paternelle » de la narratrice, et l'autre – le jeune homme – son « oncle maternel ». Entre celui-ci et la muette, il n'existait donc, stricto sensu, aucun lien de filiation. La deuxième précision a trait aux relations entre les co-épouses. L'auteur utilise à deux reprises le mot *Havou*. La charia autorise la polygamie ; elle permet à un homme d'avoir quatre épouses officielles. *Havou* désigne le lien existant entre ces épouses : les femmes qui ont le même homme pour époux sont les unes pour les autres des « *havous* ». Ce terme, propre au système de la polygamie, n'a évidemment aucun équivalent dans les langues occidentales. J'ai été contraint de l'éliminer de la traduction.

Je tiens à remercier la journaliste C. J. de sa confiance. Ses relectures et ses observations m'ont été indispensables pour mener à bien cette première traduction du persan au français.

9038

Composition
PCA à Rezé

Achevé d'imprimer en Espagne
par CPI BOOKS IBERICA
le 6 décembre 2017.

1er dépôt légal dans la collection : juillet 2011
EAN 9782290014783
OTP L21EPLN000475A004

ÉDITIONS J'AI LU
87, quai Panhard-et-Levassor, 75013 Paris

Diffusion France et étranger : Flammarion